마티아스 피카르

짐 큐리어스와 함께하는 **3D** 탐험

가자! 정글로

책의 맨 뒤에 3D 안경 두 개가 있습니다.
이 그림책을 잘 보기 위해 3D 안경을 착용하세요.
아주 밝은 빛은 그림의 입체적인 효과를 줄어들게 합니다.
너무 밝지 않은 곳에서 책을 펼쳐 보세요.

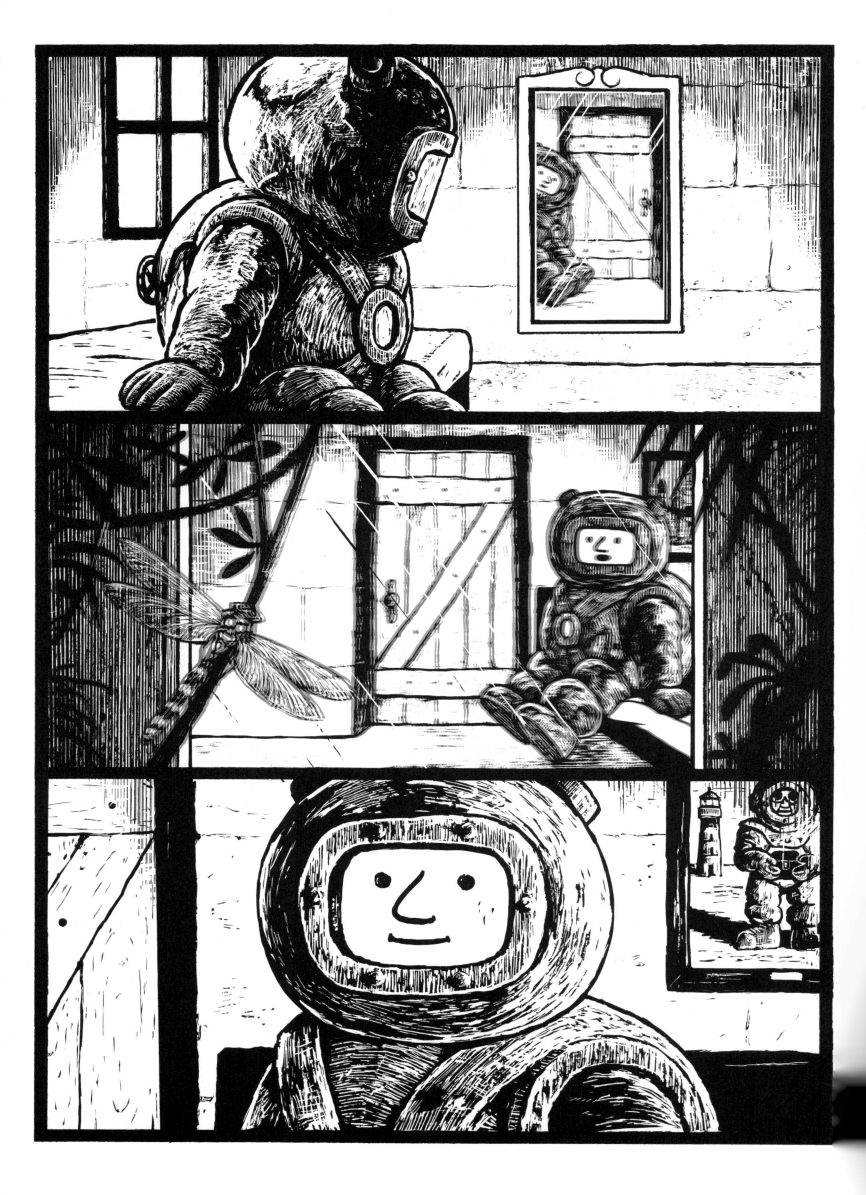

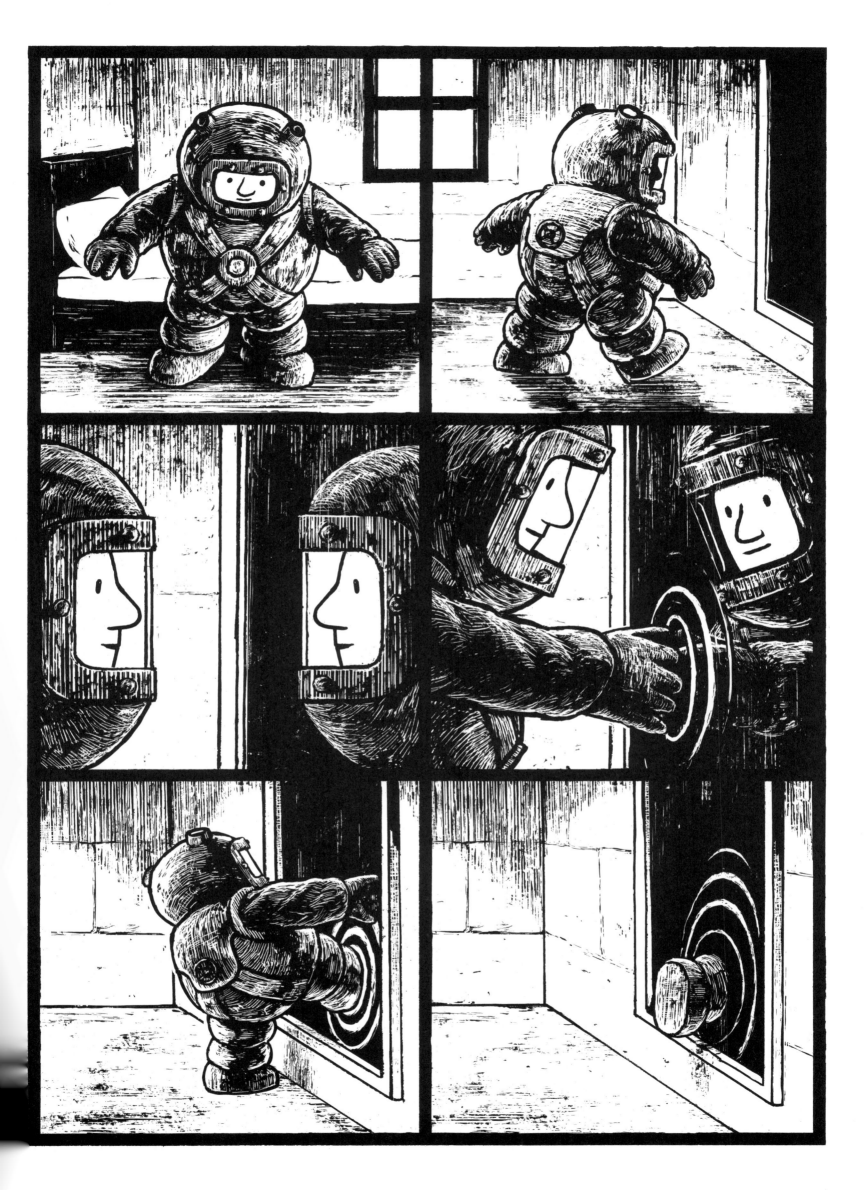

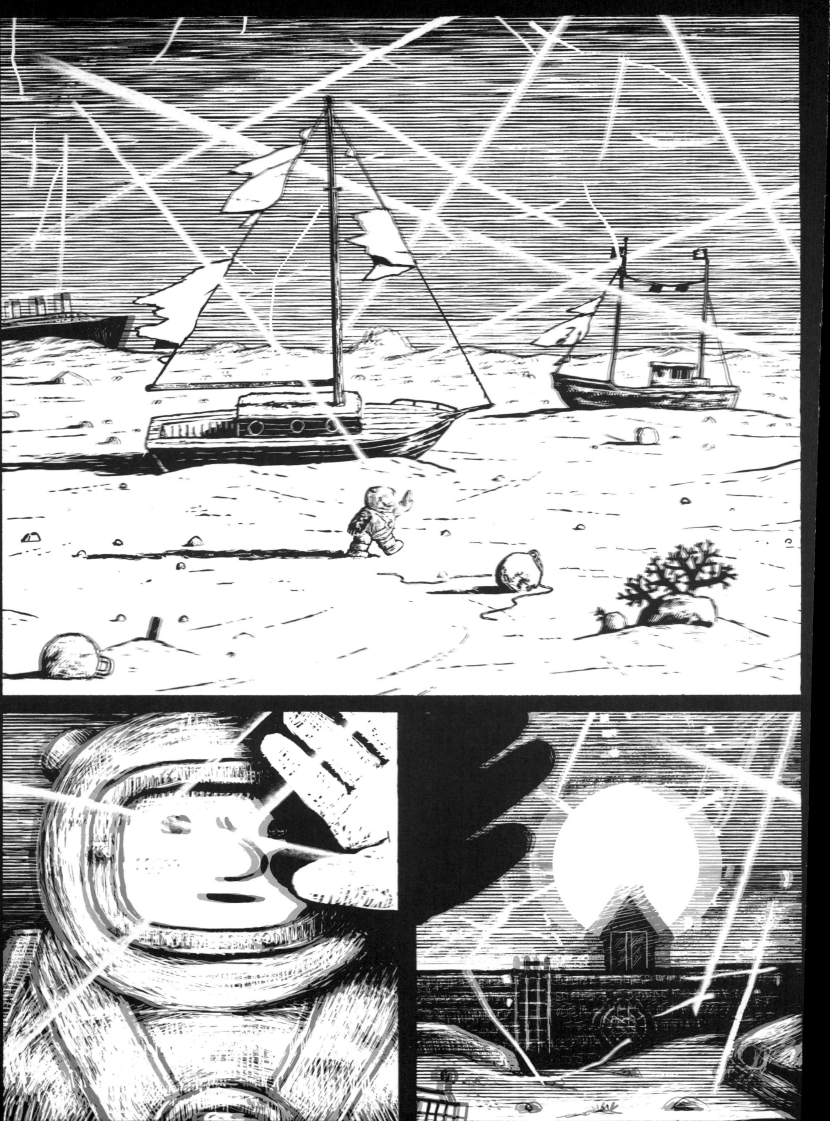

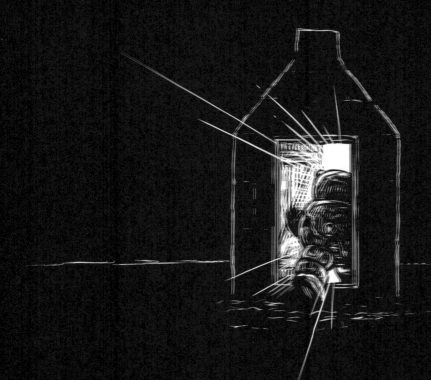

친애하는 출판사 관계자인 올리비에, 시몬, 루이스, 클레르와 새한에게 감사드립니다.
이 책을 아버지에게 바칩니다.

가자! 정글로

초판 1쇄 발행 2024년 10월 31일 | 지은이 마티아스 피카르 | 편집 박은덕 이소희 이수연 | 디자인 장승아 이지영
마케팅 이선규 김영민 이윤아 김한결 권오현 | 제작 권오철 | 펴낸이 권종택 | 펴낸곳 (주)보림출판사
출판등록 제406-2003-049호 | 주소 경기도 파주시 광인사길 88 | 전화 031-955-3456 | 팩스 031-955-3500
홈페이지 www.borimpress.com | 인스타그램 @borimbook | ISBN 978-89-433-1750-8 74860 / 978-89-433-1104-9(세트)

First published in France under the title: *Jim Curious, Voyage à travers la jungle*
© éditions 2024, Strasbourg, 2019
Korean translation © Borim Press, 2024
Korean edition is published by arrangement with éditions 2024 through Pauline Kim Agency, Korea and Ttipi agency, France.

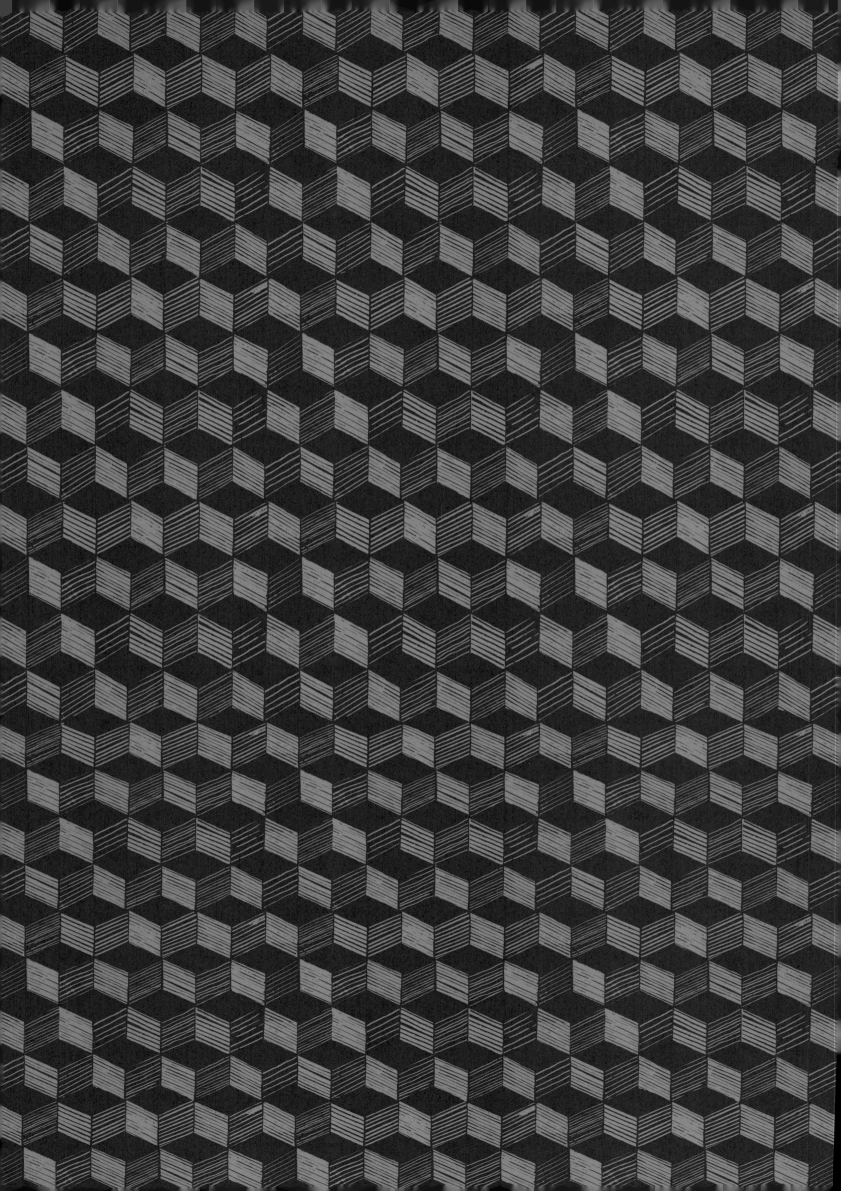